글나무 시선 11

꽃그늘에 물들더라

글나무 시선 11
꽃그늘에 물들더라

저 자 | 이소윤
발행자 | 오혜정
펴낸곳 | 글나무
주 소 | 서울시 은평구 진관2로 12, 912호(메이플카운티2차)
전 화 | 02)2272-6006
등 록 | 1988년 9월 9일(제301-1988-095)

2023년 11월 15일 초판 인쇄 · 발행

ISBN 979-11-87716-95-2 03810

값 10,000원

꽃그늘에 물들더라

이소윤 시집

십 년이 소낙비처럼 지나갔다.
동생은 장애인이 되었고
아버님이 세상을 떠나셨으며
검은 머리에 눈꽃 내려앉은 어머님까지
먼 길 가셨다.
그 사이, 내 글의 문체와 감성은
빛을 잃어갔으며, 천둥과 벼락을 견뎌야 했다.
일상이 바뀌고 생각이 달라졌으며
사람에 대한 애정도 시들해졌다.
그러나 여기 주저앉기에는
너무 억울하고 분하다.

세상의 모든 진실은 밝혀내는 것이 아니라
절로 드러나는 것이라고, 누가 말했다.
살아야겠다.
살아봐야겠다.
그때까지 눈뜨고 살아야겠다.

차례

시인의 말 ─ 5

詩世界 | 꽃그늘 아래서 마음의 빗장 열기 / 나정호 ─ 119

1부 파주꽃

소리 ─ 13

달 잠 ─ 14

쑥국 ─ 15

동백꽃 감상 ─ 16

파주꽃 ─ 18

밥때 ─ 19

부시다, 어머니 ─ 20

친구 ─ 21

복사 ─ 22

소금 ─ 24

달아 ─ 26

라일락 ─ 27

봄날 ─ 28

믿는 구석 ─ 29

통과의례 ─ 30

얼굴의 길 ─ 32

이소윤 시집 꽃그늘에 물들더라

2부 꽃그늘에 물들더라

KakaoTalk — 35

스마트폰 — 36

꽃그늘에 물들더라 — 37

아파트 유전 — 38

통증 — 39

사람 노릇 — 40

출렁 — 42

허수아비 — 44

생년월일 — 45

관계 — 46

카스텔라 — 47

바람 — 48

문경새재 가는 길 — 50

소나기 생각 — 52

발 — 53

끼리끼리 — 54

차
례

3부 그해 가을 빗소리

해바라기 — 59

그해 가을 빗소리 — 60

사람의 향기 — 62

미운 꽃 — 63

반달 — 64

첫눈 오는 날 — 66

사과 둘레길 — 67

단풍나무와 어머니 — 68

빗소리에 잠겨서 — 70

스며들다 — 71

아버지와 벚나무 — 72

가로등 — 73

마스크 — 74

CCTV — 75

덤 — 76

엄마 맛 — 77

기억의 구덩이 — 78

몸으로 먹는 나이 — 80

이소윤 시집

꽃그늘에 물들더라

4부 서 씨

서 씨 — 83

그런 사람 — 84

능소화 — 85

외로움 — 86

철썩 — 87

멍때리기 — 88

꽃비 — 89

거미줄 — 90

조화 — 92

스마트 갤러리 — 93

12월 오후 — 94

대추나무 — 95

눈길을 걸으며 — 96

별 — 97

오빠 그늘 — 98

가을비 — 99

풀꽃 — 100

차
례

5부 안개꽃, 당신

MRI ─ 103

햇살 오케스트라 ─ 104

홍시 ─ 106

안개꽃, 당신 ─ 107

거짓말 ─ 108

참새 ─ 109

사막을 걷는 여자 ─ 110

감기 연애 ─ 112

악몽에서 ─ 113

바이올렛 ─ 114

바람의 주소 ─ 115

이 남자가 사는 방식 ─ 116

처방전 ─ 117

자화상 ─ 118

1부

파주꽃

소리

저녁 새가
제 새끼 찾는 소리

산길 가다가
누가 내 이름 부르는 소리

달 잠

저녁 별들이 게으름 피우고 간 하늘에
달이 차올랐습니다
산 넘고 강 건너가신 우리 어머니
가끔 산 넘고 강 건너 다시 돌아오십니다

내 달 잠 깨울까 미안해서
소리 없이 달그림자로 서성입니다
놀라 깨어 보면 어머니가 안 보이고
발소리마저
달그림자로 사위어 버립니다

어머니, 왜 한 사람은 잠들어 있고
여기 또 한 사람은
잠들지 못하고, 깨어 있지도 못합니까

쑥국

불쑥 찾아온
아파트 거실 노을 한 줄
귀촌한 친구 밥상에 올라온
풀 익는 냄새

슬며시 스며오는
동산동 봉산 언덕배기 양달쪽에
쑥국쑥국, 쑥국새 울음처럼 올라오던
쑥 냄새

가슴 한쪽에서
아직도 보글보글 끓어오르는
우리 엄마 저녁 밥상에
단골로 올라오던 쑥국

엄마 나이 먹어가면서
그 맛을 알아간다

동백꽃 감상

동백꽃 필 무렵
거실에 앉아 조용히 그림 감상
꽃차 한 잔 내려놓고
오동도 동백길 간다

새로울 것도 없고
돌아볼 무엇 한 줄 없는 하루를
서쪽 햇살로나 등 떠밀어 떠나보내고
별반 다를 게 없이
내일도 심심하기만 할 텐데

간다고, 언제 한번 꼭 가겠다고
입으로 벼르기만 하다가
겨우 눈으로나 서둘러 떠나보는
여수 오동도

멀리 북한산 아래
제자리걸음만 하는
안갯속을 하염없이 바라만 본다

꽃차 한 잔
고쳐 앉아 다시 마시고
오늘도 동백꽃 그림 감상

내게는 너무 먼 여수 오동도

파주꽃

어머니,

살아온 만큼 다 내어 주시고

그 바닥에 펼쳐 놓은 것까지

다 쓸어모아 퍼주시더니

꽃으로 묻히고 나서

파주꽃 환하게 피어오르시네

밥때

쌀을 씻어 밥솥에 앉히고
남은 물을
인심 쓰듯 베란다 화분에 쏟아 줍니다
마주 앉아 나눠 먹을 수도 없는
나 홀로 밥상을 차려 내는 사이
한쪽에서 풀죽어 있던 고무나무가
시퍼렇게 살아서 나를 지켜봅니다

나는 살균 처리된
고급 생수병을 입에 물리고
허드렛물은 베란다 화분에
적선하는 마음으로 나누어 적셔 줍니다
그래도 좋다고, 배부르면 그만이라고
한쪽 구석에서
연꽃이 꽃망울 말아 올리며
내 밥상머리에
햇살 한 접시 끌어당겨 줍니다

부시다, 어머니

어머니 근처에 가면
내 몸에 불이 들어와요

두 눈 크게 뜨고 걸어도 막막한 길
어둡지 말라고,
더는 캄캄한 길 가지 말라고
가슴에 불을 밝혀 주시고
빛으로 길을 열어 주시며
안간힘을 다하시는 어머니

어느 저녁 길
못된 웅덩이 밟지 말라고
불빛을 당겨 주시듯
내 몸속에 부시게 부시게
빛을 당겨 주시고
막막한 가슴을 환하게 밝혀 주시네요

친구

아름다운 꽃은 서둘러 떨어지고
쓸모없는 잡풀은
뽑아도 뽑아도 잘도 살아남는다

오십 년 지기 꽃 같은 친구가 떠났다
술이 친구를 버렸는지
친구가 술을 버렸는지
아니면, 종일 벼랑에 서 있는 나 대신
세상이 친구를 밀어 버렸는지 모른다

사람 향기보다 바이러스가 설쳐대는 요즘
뽑아내고 밀어 버릴 그 아무것도 없는
금 간 마음에 땜질이라도 해 주려는지
다 시들어 가던 어리연이 제 향기를 뿜는다

나, 여기 잘 살아 있다고
글쎄, 나 좀 봐 달라고
아양을 떨고 있다

복사

오늘 아침에는
어제와 다른 해가 떴다
저 햇살은 어제 아침 햇살이 아니다
오늘 아침 솜구름은
지난가을 벽제천에 흐르던 솜구름이 아니고
작년 이맘때 뒷산 솔숲에서 오돌오돌 떨어대던
그 꽃샘바람이 아니고
사랑초 꽃잎을 기웃거리는
봄바람이 아니다

세상에 같은 건 없다
뒷산 새들이 노래하고
소나무가 사계절을 견뎌온 것처럼
나도 젊은 날 이 모습 그대로
살아 남아 보려고 없는 기를 쓰고,
문방구 복사기 앞에서
눈속임도 가능한 짝퉁 판박이들이
용을 쓰고 찍혀 나와도
나는 원본으로 복사된 몸이 아니고

오늘 아침 사랑초를 바라보는
이 마음도
며칠 전 예쁜 마음일 리 만무하다

소금

몇 달 갇혀 살다 보니
감옥이 따로 없다
온몸에 가시를 두른 선인장이
나보라고, 꽃을 피워 내고
베란다 수련은
여기 좀 돌아보라고,
꽃망울을 들어 올리는데
마음은 먼 산 콩밭에 가 있고
몸은 건수 빠지지 않은 소금 자루만 같다

못 견디게 보고 싶다는
드라마 여주인공의 눈물방울을 보고도
내 눈물샘은 흔들리지 않고
밥 한번 먹자고 떼쓰는
남자 동창생들의 전화 목소리에도
약발이 안 먹히는
몸과 마음
참 독하게 게으른 형벌이다
파도는 치는 것이고

소금은 뿌리는 것
누가 간지러운 몸과 심심한 마음에
마른 소금 한 줌 뿌려 주었으면 좋겠다

달아

눈이 아프게 아름다운
얼굴을
오늘은 젖은 눈망울로 바라보고 있네

세상을 알아 가기에는
솜털 보송보송한 어린 나이
온 세상에 예쁘고 아름다운 건
내 차지였다네

여기까지 살아오면서
아직도 갖지 못하고
밀린 숙제처럼 이루지 못한 꿈이 있다면
마음은 늘 그때 그 시절 그대로
돌아가는 도돌이표를 꿈꾸고 있네

잠 안 오는 오늘 밤에
내 속의 바다까지 환하게 밝혀 놓고
달아,
넌
무슨 생각에 잠겨 있니?

라일락

아침에 라일락이 몸을 풀었다

벽제천 실버들 가지를
한나절이나 늘어뜨리고 있던 바람이
화단까지 햇살을 끌어와
죄 없는 라일락 가지를 통째로 흔들어 놓았다

풀어 놓은 향기가
아파트 단지를 들썩이게 하고
이제 막 교대근무 마치고 돌아가는
경비실 아저씨 얼굴에
모락모락 향기를 피워 올린다

이런 날은 뒷산 숲길에 오를 일도 없고
화장품 가게를 기웃거리지 않아도 좋다
하물며 차를 내오고 물을 끓이지 않아도 된다

그냥 라일락 나무 아래 서 있기만 하면
절로 꽃차가 나온다

봄날

지난겨울
외면하고 살아온 대가로
창문이 삐딱하게 울어대고
뽁뽁이가 부스럼딱지를 떨구어 냅니다

각이 틀어진 문틀 사이로
뒷산 소나무 송진 냄새 분주하게 드나드는
요 며칠 사이
봄비 뿌려 놓고 간 눅눅한 흙에 묻혀서
웃자란 풀들이며
싱싱한 바람이며, 햇살에 허물어지는 당신 몸을
바삭바삭 다독여 줍니다

때 이른 나비 한 마리가
내 마음속 주문을 들어주겠다고
창문에 어른거립니다

믿는 구석

사람을 믿고 사는 일보다
패랭이꽃이나
진달래를 믿고 살기로 했다

칼바람에 꺾이고
된서리에 죽었는가 싶다가도
봄이면 절로 살아 돌아와 주는
나무와 꽃들은 배신을 모른다

진달래와 패랭이꽃이
외딴 산길에 사는 것을 보면
믿을 만한 것들이
구석에 있다는 것을 절로 알게 된다

통과의례

한의원 예약 시간에 맞추려고
지하철을 탔는데
한 정거장 지나치고 말았다
남의 차선 새치기하고
신호 기다리던 초보운전 시절처럼
어리둥절 서 있다가
겨우 빠져나갈 출구를 찾았다

마른 약초 냄새는 아니더라도
한의원 간판 그림자 얼씬거리지 않는
계단과 지하 통로를 걸어 나오면서
별별 생각의 집을 지었다가 허물었다

큰길에 나와 택시를 타고
죄인 같은 마음으로
겨우 한의사 앞에 조아리고 앉았는데
젊은 한의사가
얼굴 한번 내밀어 보여 주더니
대기실에서 기다리라고 했다

이럴 줄 알았으면
최소한 택시까지는 잡아타지 않았어야 했다
그래, 손뼉도 마주치면
소리가 나야 하는 법
한의사 얼굴에 손뼉도 없지만
벽에 대고 나 혼자 손뼉 두드리면
꼴만 사납지, 싶은데
사십 분을 더 기다리고 나서야
한의사가 내 이름을 불렀다

이제 한고비 통과했다

얼굴의 길

얼굴에도 길이 있다
어떤 이 얼굴에는 모래 언덕에서
허우적거리며 목말라하고
또 다른 이는 꽃길을 걸으며
오아시스 같은 얼굴로 산다

한 시절 앞이 안 보이는 밤길을
불안불안 걸었다
그때 문득 올려다본 하늘은
달도 별도 내게 너무 멀리 떠 있었다

산 능선 넘어갔다가
아무 대꾸하지 않고 돌아오는
저 달과 별들이 비추고 있는 길에는
또 어떤 얼굴들이 잠들어 있을까

2부

꽃그늘에 물들더라

KakaoTalk

누가 불씨를 당겼나요
아궁이 없는 온돌이 달아오르고요
그물에서 풀려난 새 떼처럼
불똥이 꼬리를 물고 사방으로 날아올라요

나도 불쏘시개 한 줄 적선할까요?

스마트폰

초겨울 하늘가
황망히 서 있는 감나무 가지 까치밥을
황금 비율로 끌어당겨 본다
마른 풀씨 한 톨 안 보이는데
배고픈 들새 한 마리도 어느새 날아와
발등에 앉는다

오늘 아침에는 시집을 읽다가
스마트폰에 가두어 둔 것들을
날려 보내고 놓아주고 풀어 주었다
꽃이나 새들도
가두고 구속하면 정말 못할 짓인데
하물며 사람도 오래 붙들고 살면
옹이 박히고 흠이 생기는 법
모처럼 사람 노릇 제대로 했다

꽃그늘에 물들더라

우리 엄마 49재 지내고 돌아오는 길
어느 빈집 담장 아래 봉숭아꽃 피었더라
꽃물 들일 사람의 그림자는
얼씬거리지 않고
어디 한가롭게 놀고 있는 손톱도 안 보이는데
봉숭아꽃 저 혼자
꽃그늘 제 발등에 물들이고 있더라

우리 엄마 먼 길 잘 가시라고
부어오른 내 발등에
잎사귀만 한 꽃물을,
막내아들 가슴에 붉은 꽃그늘
철철 물들이면서
봉숭아꽃 흐드러지며 피고 있더라

아파트 유전

천정에서 물이 샌다
그 물로 라면 끓이기는 그렇고
나박김치를 담을 수도 없는
한 방울도 아깝지 않은 눅눅한 샘물
어느 못된 돌덩이가 지붕을 깔고
암반수를 흘려 보내는지 모를 일이지만
돌무덤 깔고 사는 윗집은
나 몰라라 하고
국립과학수사연구소에 가신 관리실 기술자는
그림자도 안 보이고
관리소장도 며칠째 감감무소식이다
천정을 적시며 흘러나오는 저 물줄기가
윗집 구정물이 아니라
유전이라도 된다면
관리실 기술자도 윗집 아랫집에서
너도나도 빈 바가지 들고 와서
먼 줄을 섰을 것이다

통증

요즘 내 몸에 달고 사는
등산 장비가 아니다
짝퉁 물방울 다이아몬드도 아니고
그 흔한 비취 목걸이는 더욱 아니다

침도 약도 못 읽어 내는 발등의 통증
걷다가 발이 멈추면
구름을 거꾸로 흐르게 하고
하늘땅을 마구 뒤집어 놓는다

아침에 신고 나온 운동화 밑창에는
발톱이 빠지는 쓰라림으로 흥건하다

속살을 파고드는 고통에
몸도 마음도 꼴이 아니다

사람 노릇

웃자란 자작나무 가지가
눈에 거슬러 잘라 내려다가
멀쩡한 생가지를 부러뜨렸다

미안한 마음을
나무도 알아들었는지
밑동에 슬그머니 새잎을 냈다

생가지 부러뜨린 자리에서
그래도 한 번뿐인 생
살아보겠다고 새잎 달아내는
자작나무 화분을 바라보면서
사람이 해서는 안 되는
몹쓸 상상을 하면서 산다

의료사고로 부러진 몸을
휠체어에 기대어 사는
동생을 보면 더욱 그렇다
하반신을 자르고

잘도 살아가는 사람과
부러진 몸, 절반의 생을 몸부림으로
살아가는 사람 사이에서
사람이 아니고 싶을 때가 있다

나는
자기 상처를 스스로 감싸는
자작나무가 못 되고
뿌리째 뽑아도 올라오는 잡초가 아니고
민둥산이나 샛강은 더욱 아니고
어쩔 수 없이 사람이기 때문이다

출렁

산에 오르는 일이 먼 나라 일만 같은데
어쩌다 친구 따라 겨우 봉우리에 섰다

세상이 한눈에 내려다보이고
밀린 숙제 다 끝낸 사람 같은데
벌써 내려갈 일이 아찔하기만 하고
건너편 봉우리를 잇는 구름다리가
아득해 보인다

내가 미처 보지 못한
어머니 손톱 밑 가시가 안쓰럽게 보이고
내게서 상처받고 버림받은
지난가을 베란다 꽃 화분 서 있던 자리가
새삼 선명하게 보인다

구름다리 건너면서 사람 사는 일이
얼마나 멀미 나는 일인지 알겠더라
저 구름 위를 쩔쩔매면서 건너듯
마구 흔들리면서 아등바등 살았어야 했다

세상이 한눈에 들어오는 건
어쩌면 너무 아픈 일인지도 모른다
바닥을 치면 다시 올라설 일만 남았다고
구름다리 건너며 나 혼자 중얼거리다가
온몸으로 출렁거려 보는 가을날

허수아비

너는 좋겠네, 가벼워서 좋겠네
텅 빈 몸으로
마음 갈 데, 안 갈 데 없이
갈바람이 등 떠밀어 주는 만큼만
기우뚱거리고
새들이 물어다 주는 딱, 그만큼의 쓸쓸함으로
펄럭이는 너는 참 좋겠네
바람 든 가을 무처럼 가벼워서
이번 생이 가벼워서, 외로워서
부럽기만 하네

생년월일

관공서에 가서
민원 신청서를 작성할 때마다
나름 몇 가지 원칙을 만든다

주소와 신청인, 민원 내용을 먼저 채우고
한쪽 손으로 가리고 있던
생년월일 빈칸을 열었다가, 다시 닫았다가
그냥 주머니에 구겨 놓고 나올 때도 있다

중고 시장에 내놔도 아무도 사 주지 않고
누구 한 사람 떠들어 볼 일 없는
생년월일
십 년 전만 해도 남부끄러운 줄 모르고
줄줄 흘리고 다니던 생년월일

어쩌다 부끄러운 보물이 되었나 싶은데
오늘 아침 문득 내 나이가 몇이냐고
갸우뚱하시던 팔순 이모님 귀에 대고
큰 소리로 자백하듯
읽어드리고 만 생년월일

관계

며칠째 잠자코 멈춘 시계가
고장 난 선풍기 목덜미를
짠하게 바라보고 있다

살아 보겠다고, 살아야 한다고
짝다리로 안간힘 써 보는 시계와
부러진 목을 일으켜 세우면
제 자리에 자지러지고 마는 선풍기를 들고
재활용장으로 끌고 가다가
그냥 들고 왔다

저 시계와 선풍기는
한 공장 출신인데
사람으로 치면
한 배 속에서 나온 피붙이들이다

팔이 안쪽으로 구부러지듯
시계와 선풍기도
한 방향으로만 돌아가는 걸 보면
가까운 사촌뻘이 틀림없다

카스텔라

혼자 라면을 끓이는 일보다
혼자 치과 의사에게
어금니를 내어 주는 일보다
혼자 카스텔라를 파먹는 일이 더 외롭다

도대체 외로움이나 쓸쓸함은
저 카스텔라처럼 슬슬 녹아 넘어가 주는 법이 없다
목에 달콤한 가시로 걸리고
내려놓을 수 없는 추를 달아 준다
끝까지 버티다가 꾸역꾸역 삼켜버린다고 해도
마음 한쪽 어딘가 개운하지 않다

어제 오후에
조카가 사 온 카스텔라 한 조각 접시에 올려놓고
혼자 멍때렸다

저녁달 저 혼자 기울고 깊어질 때까지
카스텔라도 나도
나란히 쓸쓸한 밤을 보냈다

바람

어머니 눈망울에는
한여름 땡볕 아래서 갈바람 울고
벽제천 갈대가 으슬으슬 몸서리치며
노래하기도 한다

봄날 꽃샘바람에
꽃 같은 청춘이
피고 지는 줄도 모르시고
철쭉이 노래하다가
끝내 떠나고 말더라는
어머니의 노랫말도 요즘 행방이 묘연하다

이따금 어머니 기억 속에서
철도 없이 벚꽃이 피고
눈발이 펄펄 날아오르기도 했지만
남은 생, 칼바람이 휘두르고
먹장구름이 덜컹거려도
내 아들딸 사이좋게 걸어가는
꽃길에 봄볕만 드리워 주라며

노래하시던 바람도 까먹고
요즘 먼 하늘만 물끄러미 바라보신다

문경새재 가는 길

지하 주차장에서
3년째 일없이 놀고 있는 자동차는
구르고 싶은 충동을 까먹었다
운전면허증은 서랍장 어딘가에 숨어들어서
제 생일이 지나는 줄도 모르고
내비게이션은 오래전에 주소를 버렸다
놀고 있는 자동차나
잠들어 있는 운전면허증을 나란히 옆에 두면
잡다한 일로 바쁘기만 한 나보다
백배는 더 무료하고 심심해 보인다
그래도 이틀에 한 번은
서로의 심심함을 눈으로나 확인하면서 살자고
시동을 걸어 내비게이션을 켠다

언젠가 한 번은
귀농 친구에게 가야겠다고 마음만 먹고 살았는데
문경새재 넘어가는 길에
산빛에 붉으락푸르락 여물어 가는
가을 나무와 잎새들

들바람에 흔들리는 억새들의 노래에
내 적막함까지 자동차 속도에 보태 주고 싶다

그걸 알고 있는 운전면허증은
오늘 아침 자동차가 더 오래 잠들 수 있도록
서랍장 어딘가에 꼭 숨어들어서
그림자도 안 보여 주고
자동차도 나도 운전면허증도
문경새재 넘어가는 길은
너무 멀고 아득하다

소나기 생각

빗소리 한차례 지나가고
뻥 뚫린 하늘 물끄러미 올려다보면
별생각이 다 든다
가두어 모아 놓은 눈물 다 쏟아붓고 가더니
누구 몸 타드는 갈비뼈까지
오려서 녹아 내려놓고는
나 몰라라,
벌건 한낮에 햇살 밀어 올린다

남은 눈물 몇 줄
상처까지 박박 긁어 부스럼 일으켜 놓고,
언제 내가 그랬냐고,
살아서 저질러 놓은 죄, 다 씻어 냈다고
시치미 뚝 떼고 햇살 잘도 차오른다

그럴 때는 비 갠 하늘도 구질구질하다

발

고장 난 발을 끌고 수리하러 갔다가
허탕 치고 돌아오는 길
아무리 생각해도 무언가 억울하다
어쩌다가 내 발은 바닥 근처에도 가보지 못하고
겨우겨우 나를 끌고 다닌다
아니면 내가 발을 이끌고 다니는지도 모른다
하물며 가시밭길인지 꽃길인지 알아보지 못하고,
나도 이게 내 발인지, 남의 발인지
헷갈릴 때가 있다

작년에 바닥을 쳤으니
올해는 차고 올라올 일만 남았다는 친구가
쓴웃음 지을 때
바닥 근처에도 가보지 못한 내 발은
아무 죄 없는 봄풀을 밟고 서 있었다

끼리끼리

동네 해장국집을
한참 기웃거리다
미안한 1인분을 시키고
한쪽 구석 자리에 슬그머니 들어앉았다

누구는
그래도 아침이 든든해야
배고픔도 이겨 낸다고
참다가 참다가 들어와 앉아 있고

누구누구는
밤새 술 마시고 속풀이하겠다며
끼리끼리 몰려와서 왁자하게 떠들고

쌀 씻어 앉히고
차려 내고 치우는 일마저 귀찮아서
남들처럼 그냥 한 끼 때우고 말겠다고
숨죽여 앉아 밥상을 기다린다

그 흔한 끼리끼리도 허술한 나는
이럴 때는 괜히 죄 없는 죄인 같다

3부

그해 가을 빗소리

해바라기

한낮 그림자가 풀풀 말라요
벚나무 옆구리 붙들고 있는 빨랫줄과
마당을 가로지르던 나팔꽃 넝쿨이
나란히 햇살을 끌어당기고 있어요

마른 잎 늘어트리고 서 있는
해바라기가
제 팔다리 아프고 들쑤신다고
말이라도 걸면 폭삭 주저앉을 것만 같아요

그래도 나는 당신이 드리워 주는
긴 그림자 아래서
펄펄 마르면서도 꽃 피고 말 거예요

당신은 내 꽃망울 터트려 주기도 하고
꿈꾸게도 하고, 종일 기다리게도 하고요
활활 살아 있게도 하니까요

그해 가을 빗소리

1

그해 늦가을 마당의 감나무가 빗소리를 온전히 받아들이는 저녁이었다 흰 뼈를 내놓은 가지들이 찬바람에 떨고 있었다 그 나뭇가지 사이로 아버지가 어른거렸다 세월에 씻겨 부쩍 늘어난 하얀 머리칼, 가냘픈 어깨선이 보였다 우리에게 산이었고 강이었으며, 푸른 나무로 서 있는 아버지, 그런 아버지가 한 줌 흙으로 돌아가시고 아버지가 애지중지하시던 감나무 혼자 서 있었다

2

감나무 가지 사이로 동생이 어른거렸다 어머니가 아버지 대신 대문에 대고 소리치셨다 '춥다 들어오렴' 동생은 대문 앞에서 휠체어 앉아 비를 맞고 있었고, 나는 두렵고 무서웠다 나를 원망하는 동생의 눈빛이 더 무섭고 등골이 싸늘했다 애초부터 집에 오지 않겠다는 동생을 부득 집으로 불러들인 건 나였다

3

그래도 아버님 기일인데, 얼굴은 보여야 자식 된 도리가
아니겠냐고 동생을 달랬던 것이다 어머니가 마당으로 뛰쳐
나오셨다 어머니가 기우뚱 흔들렸고 동생은 죄인처럼 고개
를 떨구고, 나는 선 채로 감나무 가지를 올려다보았다 울음
이 흥건했다 감나무 가지 사이로 빗소리가 거세게 울어대
는 저녁이었다 어머니 눈에서 핏방울이 쏟아지는 저녁이었
다

사람의 향기

찔레꽃 같은 사람이 있었습니다
때로는 아픔이었고, 상처이기도 했지만
그때는 향기가 있었습니다

사람 냄새 가득한 날 있었습니다

미운 꽃

산길 모퉁이 돌아가다가
잡초 사이 들꽃 한 송이
서쪽 햇무리 멍하니 바라보고 서 있다

눈비 들이치고
거친 바람 못살게 굴어도
예쁘게 살아남아야겠다고
가지를 내고 잎새 달아가며
꽃망울 영글었다

어느 봄날
독하게도 잘생겨 먹은
우연이
바람으로 흔들어 대고
산으로 강으로 졸졸 따라 흘러와 준다면
주저 없이 손 내밀어 줄 것 같은
못난이 얄미운 꽃

반달

뒷산에 반달이 살아요

별은 날이 밝도록 차오르지 않고
산 벌레 울음에 깨어난 꿈도
토막이 납니다

반쪽만 깨어난 눈으로
가슴이 붉은 딱새를 읽으며
밤새 딱새 울음 따라 노래 불러봐도
내 슬픔은
노래가 안 되고
눈물은 더욱더 가당치도 않고
괜히 박자만 어긋나고 맙니다

절반을 살아버리고도
이제 겨우 절반에 반도 못 미치는
나이라고,
내가 나에게 거짓말을 늘어놓고
앉아 있는 밤

반쪽 난 나이
반쪽만 읽다가 접어둔 시집
반쪽만 알아보는 뒤숭숭한 세상일

어른거리는 당신 그림자
겨우 알아보는 것만으로
그나마 천만다행이라고,
내 몸 반쪽에 대고 가만히 말해 놓고
다른 한쪽 몸을 반으로 접어
가만히 돌아 눕히고 가는
반달

첫눈 오는 날

올겨울 첫눈은 쥐도 새도 모르게 다녀갔다 작년 늦가을 미처 돌아가지 못한 마른 잎새처럼 깜빡 잊어먹고 있다가 미처 부치지 못한 편지처럼 갈참나무 우듬지 근처에서 물끄러미 서 있는 줄 알았는데, 간밤에 첫눈이 펼쳐 놓은 캔버스에 발자국 그림 한 장 그려 놓고 돌아갔다

사과 둘레길

옆구리 뼈 부러지고 나서
그릇을 닦고 사과를 깎거나
밥상 차리는 일은 사치가 되었다
그저 손에 잡히는 것이 칼이고
발에 걸리는 것이 신발이다

내 몸에 어느 미련한 칼이 날을 세우고 기생하는지
자꾸만 옆구리를 들추고 덜컹거린다
그래, 썩은 게 있으면 도려내야겠다고
괜한 사과를 깎았다
칼날이 무른 벼랑을 지날 때
철도 아닌데 사과꽃 향기가 묻어 나왔다
옆구리살 푸른곰팡이 살점도 오려 내었다

단숨에 둥근 둘레길을 걸어 나왔다

단풍나무와 어머니

그해 가을
서삼릉 풀밭 사잇길

어머님 걸어가시는 길에
학 울음소리 한 줄 서쪽 하늘로 멀어지고
바스락거리며 디딤돌을 놓아주던
마른 잎새들

그날도
단풍나무 그림자와 어머니가 나란히 서 있었다
내가 셔터를 막 누르려는 순간
카메라 렌즈에 떨어진 물방울
어머니 주름 얼굴에 꽃물이 튀었다
슬프디슬픈 눈물꽃
그 눈물에 단풍나무가 흥건해지고
그림자도 덩달아 꽃물로 차올랐다

단풍나무 잎사귀가
어머니 그림자를 밟고 서 있는

나에게로 와서 울긋불긋 스며들었다
나도 어머니 그림자로 물들어 가고 있었다
바람도 금방 나를 알아보았다

빗소리에 잠겨서

창문에 빗소리 들이치고,
먼 산봉우리 먹구름으로나 앉아 있는 오후
아파트 주차장에서
우산을 받쳐 든 사내들이
자리다툼 벌이는 사이
어미 잃은 들새 한 마리 날아들어
간섭이라도 하는 양
한소끔 울다 간다

너도나도 무슨 할 말들이
저리 많을까 싶어서
입도 막고 귀도 틀어막고
아예 눈을 감는다

한쪽에서 널브러져 있는 마스크가
제 할 일을 내려놓고
붕대를 둘러싸고 있는 발등도
꼼짝없이 서너 달은 적요하겠다

세상일이 두어 발짝 물러나 있다

스며들다

그날도 해가 기우는 무렵이었다
뒷산 소나무 숲이 서쪽 하늘로 스며들고
가지들 사이로
저녁 새 한 쌍 스며들고 있었다
마땅히 스며들고 숨을 곳 없는
나는
낮별이 저녁 하늘에 숨어들 때까지
저녁별이 다시 낮별로 차오를 때까지
창문을 열어 놓고 달빛 속으로 환하게 스며들었다
그때 온몸을 들쑤시던 감기 한 덩어리도
내 안에 따라와 쿨럭쿨럭 스며들었다

아버지와 벚나무

오늘 아침 봄비 다녀가고
제 무게를 견디고 있는 벚나무 가지가
바람 한 줄 없이
저 혼자 몸 부러뜨리며 꽃잎을 뿌려댑니다

머리에 어깨에 발등에도
묵은 길 갈아엎으며 꽃길을 냅니다
어디론가 갸우뚱거리며 꽃잎이 날아듭니다
가만히 꽃잎이 날아드는 방향으로
얼굴을 내밀어 봅니다

나도 저 꽃길을 붙들고
살금살금 따라가면
옛날에 무서운 우리 아버지,
발그림자 졸졸 따라 걷던
들길이 나올까요

내 귓밥에
회초리 같은 말씀 불어넣어 주시던
아버지 숨소리 가까이 들려옵니다

가로등

어제와 다를 게 없는 하루
간밤 통증 때문에 한숨 들지 못했다

어둠을 밀어내지 못하고
서성이는 낮별 몇 점이
동그마니 떠 있는 한낮

밤새
기다려도 오지 않는 사람을
말똥말똥 기다리고 서 있는
산책로의 나무와 풀꽃들 사이에
독하게 외로운 사람의 가슴안을
밤새 환하게 비추고 나서
저 혼자 시름에 잠겨 서 있는
쓸쓸한 가로등

마스크

꽃가루 날리는 오후
맨얼굴에 마스크를 쓰고 벽제천을 걸었다

현관에 벗어 놓은 운동화에서
마른 풀숲 사이 제비꽃 노래가 흘러나오고
내 몸 어디서 들바람도 새어 나온다

장독 항아리 하얀 누름돌에 찍혀 나온
압화처럼
마스크에 묻어 나온
눅눅한 입술 꽃잎
내 숨소리와 함께 그 많은 말들이
씨앗을 떨구고 가지를 내며 꽃을 피웠다

오늘 아침 머루 열매 같은 눈빛으로
내 이름 부르시던
어머님 사랑의 말씀도
내 안을 뜨겁게 달구며
꽃송이들이 납작납작 접혀 나온다

CCTV

나만 바라보고 사는
눈빛들이 있다

그 많은 눈동자 중에서
알아도 모르는 척하고
빤히 뼛속까지 다 보이면서도
못 본 척 슬그머니 고개 돌려 주는
눈빛이 있다

내 눈에 물안개꽃 피고
끝내 눈물 차오르면
흥건히 젖은 눈빛으로
나만 바라보는 슬픈 눈이 있다

덤

장맛비 그치고
먹구름 서너 채
엉거주춤 뒷걸음치고 간
하늘 자리가 밋밋하다

김빠진 맥주처럼 흘러가는
벽제천 물살에
물풀이 떠내려가지 않으려고
한 방향으로 누워서
서로를 부둥켜안고 있다

주인 잃은 생수병 하나
물살에 쓸려와 물풀 사이에 안겨 들고
끝까지 살아보겠다며
땡볕 차오를 때까지
안간힘으로 버티고 있다

겨울 찬 서리 폭설에도
거기 그렇게 손 놓지 말거라

엄마 맛

라면에는
엄마 손맛보다 더 깊은 맛이
숨어 있다는 걸 안다
어린 조카도 알고,
골목시장 나물 할머니도 알고
간첩도 안다

방금 내가 끓여 먹은
짜장라면에서
중국집 짜장면보다 더 깊은 맛이 나오는 것은
요리사가 알려 준 것도 아니고
엄마에게 배운 손재주는 더욱 아니다
그냥 라면회사에서
하라는 대로 잘 따라 하면 된다

라면회사에
깊은 맛을 내는 엄마들이
엄청 많다는 것을
누구나 다 알고 있기 때문이다

기억의 구덩이

낮선 상자가 나왔다

유물 추스르는 마음으로
상자를 열었다
내가 파 놓은 종이 구덩이에서
숨죽이고 있다가 끌려 나온
빛바랜 사진 몇 장
손끝에서 부스스 깨어난다

사진 속에서
어느 가을 햇살에 물든 얼굴
아무리 뜯어 보아도
나뭇잎 줍던 앳된 얼굴은 안 보이고
안개꽃 한 다발 끌려 나온다

머리에서 별 한 점 떠오르지 않는
밤길을 허우적이다가
종이 구덩이를 파고 들어가는데
그 얼굴이 걸어온 생을

마디마디 거슬러 따라 오르다가
종이 상자에 대고
오랜만에 내가 내 이름 불러 보는
앨범 속 그해 가을 아침

몸으로 먹는 나이

어림잡아 반백이 넘어 보이는
늙은 대추나무가 백반집 마당에 서 있다
주인 여자가 설거지물 뿌려대던
나무 밑동에서 해종일 촉촉한 그늘을
햇살이 털어 내는가 싶더니
올가을 열매를 달았다

대추나무는 누가 거들지 않아도
저 혼자 묵은 가지에 새살을 내고
잎사귀 달아가면서 잘도 무성해지는데
나는 나이를 몸으로 먹는다

가을 땡볕에 말려 보고
적외선에 밀어 넣어 봐도 기별 없는
내 발등은 더운 약수를 뿌리고
압박 붕대를 감아 놓아도
새살이 돌아오지 않는다

4부

서 씨

서 씨

아파트 경비원 서 씨가
늙은 벚나무 밑동 자르다가
물끄러미 서 있다

전기톱 내려놓고

조상 산소 앞에서 두 손 모으고
다소곳이 엎드리듯
태극기 앞에서
애국가를 꾸역꾸역 4절까지 부르듯
부녀회장 악쓰는 소리에도
아랑곳하지 않고
조용히 머리 조아리고 있다

벚나무가 화답이라도 하는 양
서 씨 어깨에
꽃송이 펄펄 덮어 주고 있다

그런 사람

부서져 내리는 오후 햇살에
신축 빌라 분양 사무실 현수막이
꽃나팔 치렁치렁 달고
허락도 없이 담장을 넘어가는 나팔꽃처럼
잔잔한 마음 흔들어 놓다가
기어코 기웃거리게 한다

저 새집에 짐 싸 들고 이사 들어
죽고 못 사는 어느 원수를 옵션으로 만나
한 살림 그럴듯하게 차려 놓고
남은 생 덤으로 살아 본다면
썩은 이빨로 서로를 아삭거리며
깨물어 뜯어도 아프지 않을까

그런 사람 있을까

능소화

골목을 지나다가 마주쳤다

낯 가리는 나처럼
미동도 하지 않는 몸짓

담장에 서슴없이 얼굴 내밀고
누군가를 기다리는 모습
어디서 많이 본 듯하다

비바람에 꺾이고 부러지는 대로
피고 지고 피고 지고
생김 그대로 살아남아서
그 아픔까지
꽃으로 피는 능소화

세상에서 제일 슬픈 꽃

외로움

올여름 큰비에
강둑이 넘치고
산이 무너지면서
들길이 막히더니
지붕이 내려앉았다

그 많은 빗물이
세상의 바닥까지
다 쓸어가면서
사람의 상처는
고스란히 남겨 놓았다

손에 잡히지 않고
MRI 검사에도 보이지 않는다고
도대체 의사도 통 모르겠다는
외로움은 까딱없다

철썩

서쪽 해거름 타오르고
엎드려 놀던 산그늘도 일어나면
나뭇가지에 숨어드는
저녁 새들의 울음

내 노래
함께 들어 줄 누구 없고
이 눈물 빼앗아 갈 먹구름도 없는데
그림자 한 줄 얼씬거리지 않는
하늘가

저녁 별마저 잠들고 나면
동그마니 깨어나 앉아
밤새 먼바다 바라보며
밀물 썰물로
아무렇게나 쓸려 다니다가
나 혼자
마른 물살로 철썩거린다

멍때리기

창가에 앉아서
내 생각 몇 줄
말간 하늘에 첨벙 던져 놓으면
백지장이 펼쳐진다

뒷산 새 울음에 박자 놓아주면서
오선지가 절로 그려지고
방금 산국 옆구리 치고 달아나는
구름을 따라가다 보면
나비가 보이기도 한다

먼 산 돌아온 구름이
소나무 가지에 걸터앉아
그늘 한 줄 가만히 적선하고 가는데
저 소나무는
사람 사는 일을 아는 듯 모르는 듯
넋두리로 흘려듣는 듯
무슨 생각하고 있을까
혹시 나처럼
멍하니 앉아서 반성문을 쓰고 있을까

꽃비

어둠이 내린 저녁 하늘에
울먹울먹 비가 옵니다

어디 한 군데
흐르고 스며들 구석 없는데
무작정 빗방울 들이칩니다

도대체 감당할 수 없는 마음이
눈물로 쏟아지고 맙니다

오늘처럼 비가 내리면
당신 가슴속에 사랑으로
스며들어 흐르고 싶습니다

당신의 꽃비가 되고 싶습니다

거미줄

사람 목에 거미줄은 옛말이다
요즘 거미 그림자 얼씬거리지 않는데
온통 사람 거미줄이다
둘도 없는 친구와 나 사이에도
거미줄이 걸려 있다

이따금 나는 거미 망을 들고 거리에 나간다
거미줄에 엉켜 있는 사람들 사이를
아슬아슬 비켜 다니면서
물 샐 틈 없이 촘촘하게 거미집을 지어 올린다

내 거미줄은
삼송역 8번 출구 에스컬레이터를 오르내리며
동국대병원 정형외과 근처에서
기둥 몇 개를 세우고
하나로마트를 몇 바퀴 감아올리며
지붕을 씌우기도 한다

그런 날은

내가 쳐 놓은 거미줄을 올려다보며
거미 꿈을 꾼다

조화

봄날 숲속 한정식당에서
가족 모임 하는 날

솔숲 사이로
가슴을 아프게 찌르는
가수 장사익의 노래 찔레꽃을
따라 걸어가는데
현관에서 사람 대신 맞아 주는
찔레꽃 화분

저 혼자 타오르는 꽃잎에 대고
가만히 눈맞춤 하려는데
플라스틱 향기로 고백한다

아픈 가슴을 더 아프게 찌르던
찔레꽃 배신의 향기

스마트 갤러리

내 핸드폰에는
풍경 전시장이다

벚나무 꽃가지, 참나무 잎사귀
관산동 저녁 불빛이
빽빽하게 가지를 내고 우거지면서
철마다 다른 풍경화를 담는다

게으른 솜구름
서쪽으로 돌아눕는 햇무리가
밑그림으로 배경을 잡아 주고
갈바람 소리, 빗방울 울음이 액자를 두르면
그대로 핸드폰 갤러리가 열린다

내 얼굴은 덤이다

12월 오후

올겨울 기다려도 오지 않는
눈
함박눈은 영 못 보려나 싶다

크리스마스 풍경은 벌써 글렀고
송년회 소식도 잠잠한데
베란다 서양란 옆에서
웅크리고 있는 햇살에나
괜히 말 걸어 보는
심심한 오후

첫눈처럼 걸려 온
친구 전화 목소리처럼
가슴에 은은하게 스며오는
노래
삶의 여정을 선율로 담아낸
임태경의 목소리에
금방 생기 돌아온 난잎처럼
겨울 하늘이 파릇파릇하다

대추나무

땡볕 아래서
손 들고 서 있는 대추나무

참새 떼 날아들어
한나절을 떠들고 간 뒤
눈물 같은 꽃망울
제 무른 발등에
부슬부슬 떨어트리고 있다

천둥 벼락 때리고 가기에는
너무 어린 대추나무

걱정하지 마라,
마른하늘에 벼락 맞을 놈
따로 있단다

눈길을 걸으며

며칠 눈이 내리고
벚나무 가지에 눈꽃 피어 있는 아침

밤새 어디 부려 놓을 데 없는 막막한 가슴에
펄펄 쌓이는 하얀 적막감

눈길에서 당신 등에 업혀
어리광 부리며
노래 부르던 시절이 어제 같은데
요즘은 가물가물 멀어지는 추억입니다

사람의 기억 속에도 길이 있을까요
눈송이처럼 보송보송하던 나이
문득 돌아보면
눈길에 당신 발자국 멀어지고
불러주시던 노래도 잊혀 가고
가까운 듯 멀어지는
당신 얼굴에 눈이 내립니다

별

저 어둠 속으로
이사 들어가 살고 싶다

내게 남은 생
살아서 할 수만 있다면
우리 동생
멍든 몸
금 간 가슴에
반짝반짝 별빛 한 줄 달아 주고 싶다

오빠 그늘

어쩌다 오빠와 내가
같은 아파트 단지에 살게 되었다

가까운 듯 멀리 바라보면서
살아야 한다고 말해 놓고도
궁금하고 보고 싶은 마음에
서로 한달음에 달려와 주는 한 핏줄 사이

베란다 영산홍, 천리향이
커튼 사이 햇살 한 줄기 사이좋게 쪼개면서
가지와 잎새를 내고
나란히 꽃그늘도 만들어 주는데
가끔 오빠와 나 사이에
봄바람이 어리광으로 드나들고
이따금 창문 사이로
구름이 기웃거리기도 하지만
소나무와 소나무가 서로 떨어져서
깊고 푸른 그늘을 드리워 주듯
오늘 아침에 내 그늘 한 접시 들고
오빠 집에 다녀왔다

가을비

비가 옵니다
빗방울에 마른 풀잎들이
엎치락뒤치락 요란합니다

살아오면서 놓치고 떠나보내면서
가슴앓이만 숙제로 남았습니다
가만히 헤아려 보면
이 작은 빗방울에도 한기를 느낍니다
눈비 맞아가면서
꽃 피우고 열매 맺으려고
천둥 벼락도 이겨 냈습니다

이제는
마지막 열매를 위해
손톱이 빠지는 아픔도 참아야 합니다
새봄이 올 때까지
서리꽃에 꺾이고 진눈깨비에 뭉개지면서
잠자코 기다리겠습니다

풀꽃

돌아보지 마시고 가세요
그냥 일없이 지나는 바람으로 스쳐 가세요

나, 여기 피어 있더라고,
누구에게 말하지 마세요

5부

안개꽃, 당신

MRI

아무리

눈 크게 뜨고 들여다봐도 소용없다

내 마음 주인인 나도 잘 모르는,

속마음 들통날 일 없다

햇살 오케스트라

햇살이 악기를 들었다

예쁜 생각에 잠겨 있는
애기똥풀 곁에 가서
샛노란 꽃망울로, 안단테 안단테
따뜻한 연주를 한다

한낮 사거리에서
디지털 화면처럼 흐르는 햇살의 방향으로
자동차들이 신호등 엇박자를 맞추려 들고
강물 위에서 수초들의 춤사위가
졸졸 음악이 된다

여름 한낮
고요를 들고나온 사람들이
걸어가면 켜 놓은 발소리들의 하모니

햇살은 무심히 흐르는 게 아니다
나무 발등에 악보처럼 그늘을 펼치고

잎새를 철철 물들이면서
새들의 날갯짓에 악기를 켠다

햇살 차오르는 소리를 높이면
따뜻한 오케스트라가 열린다

홍시

누군가
한쪽 어깨를 툭 치고 달아난다

덜컹 주저앉은 마음보다
그림자가 먼저 놀란다

한발 물러서 있는
발등에서
까치밥 한 덩이 납작 엎드려 있다

나보다 지은 죄가 크다고
108배를 하고 있다

안개꽃, 당신

당신이 활짝 피었네요
한발 물러나 있는 그림자가
꽃구름으로 날아올라요
비바람에 꺾이고
큰비에 잠겨 든 얼굴들이
아지랑이 사이로 펄펄 피어올라요

안개꽃을 들고
혼잣말로 고백하는 그림자의 주인이
당신이라고,
당신이어야 한다고,
내가 나에게 거짓말을 해봐요

여기까지 다시 돌아와 줘서 고맙다고
내가 나에게
당신 이름 불러 보는 5월입니다

거짓말

죽어도 못 잊겠다는 사람을
등 떠밀어 떠나보내면서
그 쓸쓸한 그림자에도
무덤덤한 마음인데

거짓말같이 흘러간 젊은 날
다시 거짓말같이 내게 다가올
시간을 헤아려 본다

참새

아침마다 참새가 온다

햇살이 환하게 밝아올 때까지
종일 무리 지어 몰려다니며
온몸으로 노래한다

눈치 빠른 놈은
노래는 딴전이고 먹이부터 찾는다

관산동 공원을
오케스트라로 물들이는
저 요란한 울음들
음역의 높이를 따져 본다면
소프라노쯤 될까?

사막을 걷는 여자

아슬아슬한 여자가 있다

입술이 빨갛게 물들도록
혼자 노래하며 살아가는 여자

모래바람이
세상을 암흑으로 쓸어 가는 저녁
남자는 여자 품에 아이 둘을 안겨 놓고
모래바람을 타고 가볍게 날아갔더란다

등짝에 혹을 둘씩이나 달고
사방 벽을 뚫고 밀고 나가야 하는
힘이
어깨와 등 쪽으로 몰렸더란다

피처럼 붉은 모래가 묻어 나오는,
걸어도 걸어도
사방 모래뿐인 길을 걸어왔더란다

피처럼 붉은 모래가 묻어 나오는
상처를 감추고 싶어서
아이 둘을 당당하게 키워 내면서
사막을 당당하게 걸어가는 여자

감기 연애

1

불편한 연애를 시작했다 온몸에 열이 오르고 입맛이 시들해질 때까지 사랑에 빠졌다 약발이 직통으로 먹힌다는 민간요법을 시도해 봐도 뼛속 깊숙이 파고드는 애인을 물리치기에는 역부족이었다 급기야 약국에 달려가서 약봉지를 받아왔지만, 연애의 후유증은 좀처럼 시들지 않았다

2

세상에 나와서 정말 지독한 연애질이었다 그 연애 이후 사춘기 열병을 재현한 것도 같았고, 아무튼 아리송했다 자꾸만 알약을 털어 넣은 몸에는 기운이 빠지고, 세상 모든 일이 귀찮아졌다 거실에 커튼을 내리고 방문도 걸어 잠근 채 두문불출했다 꼼짝없이 이불을 뒤집어쓰고 씻지도, 먹지도, 깊게 잠들지도 않고 그저 흐린 눈망울만 이리저리 굴리고 있었다

악몽에서

나무도 꽃들도 사람도
피눈물 왈칵 쏟아 내는 늦가을이었다

눈물 한 방울 솟아 나오지 않는
차돌처럼
단풍나무 잎새처럼
속이 까맣게 그을린 밤이었다

길을 잃어버리고
사방을 허우적이다가
깨어난 꿈길이었다

바이올렛

1

밤새 폭설이 내렸다 하얀 붕대를 두른 가지에 흰 꽃망울
이 피었다 눈이 부시게 설쳐대는 흰빛의 유혹은 눈살 짓게
하는 그 이상으로, 내 안의 양면성을 드러내고야 만다 어두
운 것은 스스로 먼 터널을 걸어 들어가는 기분이라서 두렵
지만, 너무 밝은 흰빛은 드러내고 싶지 않은 속내를 들키고
만 것처럼 괜한 거부감이 든다

2

창문 옆에서 그런 내 마음을 빤히 들여다보고 있던 바이
올렛이 시선을 끌어당긴다 흰빛에 둘러싸여 있는 몸이 보
라색에서 뿜어져 나오는 기이한 에너지에 절로 충만해진다
신경과민으로 안정을 찾지 못하고 있을 때 바이올렛은 내
게 정신과 주치의가 된다

바람의 주소

바람 몹시 부는 날

나란히 한 방향으로 펄럭이는
갈대꽃

약속처럼 무너졌다가 풀풀 일어나는
풀잎들

낯선 길에서
주소를 잃어버리고
종일 두리번거리는
바람의 몸짓

이 남자가 사는 방식

남자에게 늦가을은
가려움을 느끼게 하는 계절이다

무언가 벗어 놓거나
감당할 수 없는 등짐을 내려놓고 싶은
열망이 입김처럼 새어 나온다

어느 멋진 바닷가에 서서
닻을 올리며 수평선을 건너거나
북한산 백운대를 오르내리며
계절이 바뀌는 신호를
기다리고 있는지도 모른다

아니, 지금쯤
세상에 없는 고비사막을
홀로 가로지르며
사막의 노정을 걸어 나가는
수행자가 되어
세상 깊은 곳으로 흘러가는 바람으로
사는지도 모른다

처방전

몸을 뒤져서 알아낸 결과물을
의사에게 받아 들고 황당했다

영문 독해 문제지 같은 처방전을
약사에게 보였다
약사는 내 몸의 통증에 대한 원인은 몰라도
처방전을 한눈에 알아보았다

알약 삼키고 약국을 나오면서
의사가 처방전에 적어 준 문제가 무엇이었는지,
또 정답은 무엇인지, 궁금했다

연신내 지하철 입구에 앉아
입에 쓰면 무조건 몸에 좋다고,
소다 한 줌 입에 털어 넣으며 가슴을 문지르던
나물 할머니가 떠올랐다

자화상

먼 시절

외롭게 흘러 버린 세월이어도

이제는 꽃도 없는 봄날이 온다 해도

단풍잎 차오를 가을날이 다시 온다 해도

오늘은 눈감고

차향으로나 물들어야겠다

꽃그늘 아래서 마음의 빗장 열기

나 정 호(시인 · 극작가)

문득 이런 공식을 만들어 본다. 행복과 불행을 크기와 무게로 환산하여 질량을 산출하는 것이다. 그렇다면 행복과 불행의 차이는 최소한 백지장의 앞뒷면이 아니게 된다. 결국 행복과 불행의 무게와 크기는 고정된 값으로 산출할 수 없다.

우물의 깊이와 수량을 측정하는 공식은 얼마든지 있다. 무지개와 구름의 원리는 규명할 수 있어도, 빛줄기의 모양과 형태를 숫자로 찾아내는 공식은 없다. 일기예보보다는 오히려 어머니의 무릎이나 관절감각이 AI보다 명확하다. 그러므로 사랑과 행복을 눈으로 읽어낼 수 없고, 그 무엇으로도 사랑과 행복의 질량과 형태를 규명할 수 없다.

시의 세계가 그렇다.

사랑이나 희망을 위로와 위안으로 말하기는 쉽다. 갈등과 몸부림의 과정을 생략하고 좌절과 절망을 말하는 것도 간단하다. 그러나 곧 알게 된다. 사랑이나 희망이 우리 가슴을 뜨겁게 지나가고, 절망을 몸과 마음으로 쓰라리게 겪어 보았다면, 그리고 그 이후 자기 내면에 말갛게 고여 있는 일상을 알게 된다.

시와 산문을 오가면서 자신의 문학세계를 담담하게 그려 나가는 중견 작가 이소윤의 세 번째 시집 『꽃그늘에 물들더라』가 세상에 나왔다. 이번 시집은 시류에 휩쓸리지 않고 자기 삶의 안쪽을 끊임없이 탐색하는 사색의 단편들로 채워져 있다. 문체도 고요하고 단정하다. 언어의 기교나 표현의 윤기를 떠나서 지극히 자연스럽고 담담한 어조로 사색의 조각들을 펼쳐낸다.

먼저 「파주꽃」은 어머님을 향한 지순한 사랑이다. 이 시는 시인의 자아 성찰이며 반성이다.

어머니,

살아온 만큼 다 내어 주시고

그 바닥에 펼쳐 놓은 것까지

다 쓸어모아 퍼주시더니

꽃으로 묻히고 나서

파주꽃 환하게 피어오르시네

― 「파주꽃」 전문

　이 시에서 '꽃'은 화자의 시선 밖, 화자의 외부에 위치하는 어머님의 묘지이다. 시인은 어머님을 꽃으로 비유한다. 그 꽃은 따뜻한 빛과 아름다운 향기를 온전히 자식에게 내어 주신 어머니의 무한 사랑이며, 그 사랑의 마음을 아프게 기억하는 시인의 내면 풍경이기도 하다. '꽃'과 '나'의 연민이 어머니와 동일시를 이루는 자리에서, 시인은 오히려 그 슬픈 현실까지도 따뜻하게 받아들인다.

　"살아온 만큼 다 내어 주시고 / 그 바닥에 펼쳐 놓은 것까지"가 그것이다. 그러나 어찌 이승만 생이라 하겠는가. 영원이라는 공간 안에서 본다면, 이승은 꽃 한번 피운 순간에 불과하다. 꽃이 자기 빛과 향기를 떨구어서 나무와 풀들의 자양이 되듯, 세상의 모든 어머님은 자식을 위해 피고 지고를 되풀이하는 것이다.

　또한, 표제 시 「꽃그늘에 물들더라」에서도 어머니를 '봉숭아꽃'과 '꽃그늘'로 투사하여 따뜻한 해석을 그려 낸다.

　　우리 엄마 49재 지내고 돌아오는 길

　　어느 빈집 담장 아래 봉숭아꽃 피었더라

　　꽃물 들일 사람의 그림자는

　　얼씬거리지 않고

　　어디 한가롭게 놀고 있는 손톱도 안 보이는데

봉숭아꽃 저 혼자
꽃그늘 제 발등에 물들이고 있더라

우리 엄마 먼 길 잘 가시라고
부어오른 내 발등에
잎사귀만 한 꽃물을,
막내아들 가슴에 붉은 꽃그늘
철철 물들이면서
봉숭아꽃 흐드러지며 피고 있더라

　　　　　　　　　　— 「꽃그늘에 물들더라」 전문

　이 시는 의료사고로 고통받는 막내아들의 피맺힌 절규를
지켜보면서 세상을 떠난 어머님에 대한 사랑과 비통함을
담았다. '봉숭아꽃'인 외부가 시인의 가슴인 '봉숭아꽃'으로
들어와 투사되었다. 자아를 세계로 들어가게 하여 세계화
한 것이다. 이는 결핍된 자기만족으로서 자아와 타자, 자아
와 세계를 공감하려는 시적 소통 방식이다.
　삶의 무게를 탐색하고 있는 「허수아비」를 읽어 가다 보
면 사람이 살아간다는 것의 쓸쓸함과 허무함을 지울 수 없
다.

너는 좋겠네, 가벼워서 좋겠네
텅 빈 몸으로
마음 갈 데, 안 갈 데 없이

갈바람이 등 떠밀어 주는 만큼만

기우뚱거리고

새들이 물어다 주는 딱, 그만큼의 쓸쓸함으로

펄럭이는 너는 참 좋겠네

바람 든 가을 무처럼 가벼워서

이번 생이 가벼워서, 외로워서

부럽기만 하네

—「허수아비」 전문

   이 작품은 들판에 서 있는 허수아비를 통해 삶의 성찰과 인생의 무게를 담았다. 문득 윌리엄 셰익스피어 고전 경구가 떠오른다. "인생은 단지 걸어 다니는 그림자일 뿐, 가련한 어릿광대"가 그것이다. 이는 곧 생의 무상함에 대한 전통적인 인식에 가깝다. 그러나 시인의 「해바라기」는 전통적인 인식을 시화할 때 빠지기 쉬운 상투성이나 진부함을 비켜 가고 있다. 특히 이 작품이 간섭성의 함정을 벗어나고, 전통 인식을 새롭게 부각할 수 있는 것은 '투사'의 정밀함과 해석의 견고함이다.

   "갈바람이 등 떠밀어 주는 만큼만 / 기우뚱거리고 / 새들이 물어다 주는 딱, 그만큼의 쓸쓸함으로 / 펄럭이는 너는 참 좋겠네"로 투사하여 인생의 무상함이 흥미롭게 해석되고, 그 의미도 비로소 진부함을 벗는다.

   이로써 시인의 성숙한 세계관을 이해하게 된다. 타자 의식이 바로 그것이다. 시는 끊임없이 나를 지워 타자화하는 일이며, '타자'를 '나'의 속으로 끌어들여 합일하는 작업이기 때문이다. 또한, 어차피 시인은 세속의 현실에 안주하는 자들이 아니다. 그들은 자연의 소리와 몸짓에 반응하면서 대상을 끌어내고 가지치기하는 자들이다.

*

「서 씨」는 무성영화의 한 장면처럼 읽힌다. 아파트 화단에 서 있는 벚나무가 거추장스러워서 베어 내야 한다는 부녀회장과 전기톱을 든 경비원 '서 씨'의 갈등 심리가 대치되는 장면이다.

아파트 경비원 서 씨가
늙은 벚나무 밑동 자르다가
물끄러미 서 있다

전기톱 내려놓고

조상 산소 앞에서 두 손 모으고
다소곳이 엎드리듯
태극기 앞에서
애국가를 꾸역꾸역 4절까지 부르듯
부녀회장 악쓰는 소리에도
아랑곳지 않고

조용히 머리 조아리고 있다

벗나무가 화답이라도 하는 양
서 씨 어깨에
꽃송이 펄펄 덮어 주고 있다

—「서 씨」 전문

생활 환경에서 무심히 지나치는 극히 사소한 풍경이다. 장면이 선명해서 시인의 관찰과 사색의 깊이를 알게 된다. 경비원의 손에 들려 있는 전기 톱날과 늙은 벗나무를 통해 사랑과 생명의 아름다움에 대한 반성과 성찰에 이른다. 거기서 삶의 의미와 그를 둘러싼 세상의 모습을 사색하고 있다. 이것이 시인이 지향하는 삶의 태도이자 모두가 기대하는 인간의 모습이다.

*

동생의 의료사고로 고통과 좌절의 시간을 소설로 묶어 낸 『어느 흰옷의 거짓말』과 세 권의 시집을 발표하는 동안, 이소윤 작가의 시 세계에서 돋보이는 특징은 시와 삶이 완벽한 등가를 이루고 있다. 글감의 재료들은 대부분 일상의 기록들이며, 가족의 사랑과 일상에서 마주치는 사소한 풍경들이다. 그렇다고 화려하게 시 세계를 말하려는 건 아니다. 화자를 확장하거나, 대상을 모호하게 틀어 놓은 시는 굳이 가려 읽어야 할 필요 없다. 그냥 마음이 내키는 대로 손이 가는 대로 아무 쪽이나 펼쳐 읽으면 된다.

그러나 유독 머뭇거리게 하는 시 한 편이 있다. 어머니를 향한 그리움을 담아낸 「단풍나무와 어머니」가 가을 햇살을 따사롭게 드리워 준다.

그해 가을
서삼릉 풀밭 사잇길

어머님 걸어가시는 길에
학 울음소리 한 줄 서쪽 하늘로 멀어지고
바스락거리며 디딤돌을 놓아주던
마른 잎새들

그날도
단풍나무 그림자와 어머니가 나란히 서 있었다
내가 셔터를 막 누르려는 순간
카메라 렌즈에 떨어진 물방울
어머니 주름 얼굴에 꽃물이 튀었다
슬프디슬픈 눈물꽃
그 눈물에 단풍나무가 흥건해지고
그림자도 덩달아 꽃물로 차올랐다

단풍나무 잎사귀가

어머니 그림자를 밟고 서 있는
나에게로 와서 울긋불긋 스며들었다
나도 어머니 그림자로 물들어 가고 있었다
바람도 금방 나를 알아보았다

— 「단풍나무와 어머니」

이 시의 모티브는 '단풍나무 그림자와 어머니가 나란히 물들어' 있는 장면이다. 서삼릉 산책길에서 어머니의 모습을 카메라에 담으려는 순간, 렌즈에 맺히는 "슬프디슬픈 눈물꽃"은 화자의 눈물이다.

카메라 렌즈를 통해 본 어머니 얼굴은 늘어난 주름살까지도 선명하게 보인다. 그리고 시인의 눈물은 렌즈에 맺히고, 그 눈물이 "단풍나무가 흥건해지고 / 그림자도 덩달아 꽃물로" 차오르는 애통한 심경에까지 이른다.

이 시의 결정적인 이미지가 시공간을 가득 메우면서 그 시공간의 경계를 보여 주는 것은 '단풍'과 '카메라 렌즈에 맺힌 눈물'이다. '단풍과 눈물'의 세계, 단풍나무가 어머니를 물들이고, 어머니의 그림자인 화자에게 애잔하게 스며오는 사랑의 대물림이 아름답고 눈물겹다. 이른바 이소윤 작가의 시는 적요한 이미지 너머로 언뜻언뜻 발굴되는 인간애와 사랑의 외로움을 포착하는 데 있다.

*

우리는 죽어 가면서 영원을 꿈꾼다. 결국 그 꿈속에 깃들어 살아가야 하는 것이고, 죽음으로 이어지는 삶의 조건을 받아들이고 순응하면서 살아간다. 시인은 삶의 그 순간을 놓치지 않는다. 살아가면서 그 시절을 아프게 추억한다. 글쓰기를 통해 추억하는 그리운 곳을 돌아본다. 그것들을 내면에 씨앗을 뿌리고 거두어들이는 작업이 시인의 글쓰기이다.

결국 시 쓰기는 마음의 서랍을 여는 일이다. 오래 묵은 서랍을 열었을 때 뿜어져 나오는 시간의 향기와 이야기의 빛깔과 함께 걸어온 발걸음 소리를 담아내는 일이다. 그것은 눈에 보이는 현상과 풍경을 가슴으로 투사하여 세계화하는 과정이다. 곧 자아와 세계를 공감하려는 시적 소통방식이다. 그런 의미에서 이소윤 작가의 시 쓰기는 마음의 빗장 열기가 아닐까.